ELZA REZENDE DANTAS MOTTA

TRINTA ANOS DE SILÊNCIO

O Grito, o Silêncio e o Esperançar no episódio traumático feminino

Uma história ficcional

Rio de Janeiro, 2020

Vermelho Marinho

O texto deste livro está de acordo com o Novo Acordo Ortográfico Brasileiro.

Autora: Elza Rezende Dantas Motta

Consultoria de Escrita: Central de Escritores, Rose Lira e Elisângela Alves de Alencar

Editor-chefe: Tomaz Adour da Câmara

Projeto Gráfico: Natália Vieira

Dados Internacionais de Catalogação na Publicação (CIP)
Fabio Osmar de Oliveira Maciel – CRB-7 6284
M921t

Motta, Elza Rezende Dantas
Trinta anos de silêncio: o grito, o silêncio e o esperançar no episódio traumático feminino - uma história ficcional / Elza Rezende Dantas Motta. – Rio de Janeiro : Vermelho Marinho, 2020.
126 p. ; 21 cm.
ISBN 978-65-86082-29-6
1. Romance brasileiro. 2. Violência contra as mulheres.
I. Título.

698-010-20 CDD : 869.93

Índice para catálogo sistemático:
1. Romances: Literatura brasileira 869.93

VERMELHO MARINHO

EDITORA VERMELHO MARINHO USINA DE LETRAS LTDA

www.editoravermelhomarinho.com.br

DEDICATÓRIA

Esse livro é dedicado à MINHA ETERNA AMIGA, MARIA ALICE NOVA ALVES GUIMARÃES, tão cedo subtraída de minha, de nossas vidas! Quantas saudades! Em nosso último almoço, que mais parecia uma despedida pela intensa emotividade que nos envolveu... ela incentivou-me a ser quem eu estava me revelando, uma mulher, aos 60 anos, ainda em tempo, e que não poderia desperdiçar a oportunidade em concretizar ideais e emocionar pessoas.

"Marta" se apresentou, minha AMIGA!

Esteja em PAZ!

AGRADECIMENTOS

Aos "ARCANJOS", meu marido Eduardo, meus filhos Fernando e Débora, meus netos Miguel e Lívia que são meus permanentes ensinamentos e possibilidades; e Eva, indiscutivelmente, minha mentora, minha guia!

Aos meus AMIGOS, anjos em minha trajetória, muitos!

Claudio Motta, INSPIRADOR!

Wallace S Vieira, disponibilidade em acolher a Criação e a Criatura dessa obra!

SUMÁRIO

APRESENTAÇÃO

Enquanto lia o livro em questão, sob intensa expectativa e profunda emoção, um filme começava a rodar, paralelamente à minha cabeça, e nele lá estava Elza Rezende, minha sobrinha, na pureza dos seus primeiros anos, desabrochando a vida e à lida, ainda in natura, a nobreza dos sentimentos, a sensibilidade e a generosidade inatas a serem maturadas existencialmente. Encontro-a, agora, mulher, mãe, psicóloga provida de saberes, vivências, experiências, história e, ademais, escritora.

Longa vida para a autora e a sua primogênita obra! Bem-vinda ao mundo das letras pela via da temática a que se propôs conquistar e permanecer no coração, mente e o inconsciente coletivo dos leitores, em conformidade aos seus valores, pensares e falas que refletem sua visão pessoal, profissional e familiar.

Registre-se, por sua vez, que a prevalência na vida e obra da autora de valores predominantes éticos têm procedência e vigência ancestral e genética, que se reverberam na sua vida pessoal, profissional, social e familiar.

Posto isso, a obra de Elza Rezende D. Motta

foca, sobretudo, o valor e a força que residem em cada indivíduo e permitem que nos transformemos a partir da razão.

De outra parte, vale destacar que raras são as ocasiões em que a reflexão encontra a experiência de maneira tão interativa e harmoniosa quanto nesta obra, em que a autora nos brinda com sua sensibilidade e olhar aguçado de observadora presente.

Por sua vez, a obra em questão se apoia numa sátira real e cruel com criatividade, humor e muitas referências psico-literárias influenciadas pela formação profissional e de vida da autora. Fácil de ler e sem aquelas respostas fáceis a que estamos acostumados atualmente.

Como remate, a autora, coerente com seus valores genéticos, familiar e profissional, elege seu livro como lugar de fala, protesto, denúncia e de vigília permanente em defesa da mulher ultrajada pela arrogância e prepotência machista e convida os leitores para a união de forças em torno da emancipação e empoderamento feminino.

E mais, nasce uma estrela! Pronta para voar na direção do futuro.

Wallace S. Vieira

PREFÁCIO

Falar deste livro se tornou uma missão difícil, apesar de honrosa! Por mais que eu procure em algum repertório literário pessoal ou em alguma experiência narrada, não encontro as palavras! Temo ter que fazer este prefácio em silêncio! Fiquei sem palavras! Fui tocada pela simplicidade sofisticada da autora. Nada igual!

A leitura deste livro me expôs a uma escrita autoral que vai do particular ao universal como uma flecha! Do singular ao coletivo como um raio!

Elza, esta nova escritora, aproveita brilhantemente seus mil anos de sabedoria. Este texto só pode ter nascido de alguém que tal e qual NERUDA, confessa nesta obra de arte que viveu! E pasmem, Elza me levou junto de modo tão arrebatador que quando me dei conta eu era ela. Marta Maria Matoso!

Palavra por palavra em busca de uma voz, como contas de um rosário que busca a fé, me senti atingida! Na voz e na fé!

É necessário avisar ao leitor que quando conheci Marta Maria Matoso, senti meu corpo tremer! Experimentei um total desequilíbrio. Entrei em contato direto com uma explosão! Fui arremessada para os ares e caí sem controle no chão! Fui atingida em cheio na cara e no corpo! Tive meu ser socado e minha alma em estado de choque! Sim! Este livro é para os fortes! Ou para aqueles que querem aprender a sê-lo. Pois, imaginem, quando já me encontrava totalmente identificada com a personagem, eis que Elza reaparece me convocando para a vida!

A autora decide salvar sua personagem. Não era mais suportável deixar MMM sofrer de tanta culpa. Seu silêncio ia acabar com ela. Era preciso encontrar novas boias contra o afogamento voluntário. Elza então conduz o leitor a levar sua personagem pela mão e depositá-la gentilmente num divã.

Começamos, MMM e nós, os leitores, a buscar os recursos emocionais desde sempre existentes, mas proibidos por crenças e preconceitos. Eles afloram. Deve ser esta a razão poética de dar o nome Flora à terapeuta.

A partir de então, o livro nos convoca a migrar de um segredo pungente à busca do verbo correspondente. MMM passa a ter voz. Depois de 30 anos vem a bonança. E como leremos, muito trabalhosa.

E preciso agradecer a autora. Pois nós, seus leitores, não importando o gênero (não apenas as mulheres), humanos que somos, já fomos ou seremos abusados, maltratados, desrespeitados, agredidos e submetidos a toda espécie de violência física, moral e espiritual. E, tal qual nossa querida personagem, já fomos ou estaremos sendo submetidos e confundidos pela inoculação covarde do sentimento de culpa.

Este livro é também um alerta! É uma convocação literária. Ele nos ensina que é preciso nomear corretamente os acontecimentos.

Qualquer forma de violência deve ser nomeada. Pois só o verbo previne e cura.

MAS O ESTUPRO É CRIME HEDIONDO! NEM NOMEANDO TEM PERDÃO NEM CURA!

Portanto recomendo esta obra de arte! Este livro em si é prosa, poesia e manifesto!

Eva Bruckner

"O Silêncio é uma Confissão."

- Camilo Castelo Branco,
escritor português

PRÓLOGO

MUITO CEDO FOI TARDE DEMAIS EM MINHA VIDA

(Marguerite Duras)

A ferida **SANGROU**, *literalmente*, no corpo e na alma de Marta Maria Matoso.

Há uma música de Guilherme Arantes chamada "Meu Mundo e Nada Mais", lançada no ano de 1976, no mesmo período em que Marta sofreu aquele golpe e pode nos direcionar a compreensão do tamanho de sua dor... essa melodia deixa uma interrogação em nosso pensamento.

Será que Marta ainda conseguiria voltar a sorrir sem um travo de amargura, como um ser mais livre e com a capacidade de enxergar um novo dia?

M

Apresento a protagonista desse espaço, Marta Maria Matoso, MMM, e deste modo, nos reportaremos a ela, muitas vezes.

Na ocasião da "**ferida**", Marta contava com apenas 17 primaveras vividas. Uma moça/ adolescente que cursava arquitetura, com sonhos e objetivos a alcançar, com ideologias pertencentes à idade como tantas outras moças...

Morava numa modesta casa alugada de vila, no Jardim Botânico, zona sul da cidade do Rio de Janeiro. Marta nasceu e viveu toda sua vida no Rio de Janeiro. Vivia com seus pais e dois irmãos. Ela era a caçula nessa hierarquia.

A família de classe média não media esforços para oferecer as possíveis condições de um convívio harmonioso compatível com a situação financeira que se apresentava naquela ocasião. Sua mãe, professora da rede pública, e seu pai, motorista de táxi, viviam com algumas dificuldades para equilibrar o orçamento doméstico. Seus pais usavam de "malabarismo" para fazer com que a renda familiar chegasse até o final do mês. Como professora da rede pública, Vera conquistou a tranquilidade de ver depositada, mesmo que pouca, sua remuneração, mensalmente, porém, Sr. Arthur, autônomo, não possuía tanta segurança assim quanto ao apurado do mês, por isso, muitas e muitas vezes, quando retornava de seu trabalho, os filhos já se encontravam dormindo. Esse episódio era recorrente. Precisava estender sua jornada de trabalho até conferir a renda diária necessária que cobrisse as despesas da casa.

Dois dos três filhos estudaram em colégios públicos. Apenas o primogênito foi agraciado com estudo em escola particular. Sabendo-se da diferença da qualidade de ensino entre escolas do governo e escolas particulares, podemos dizer que Mário foi o contemplado!

Com perseverança, os pais conseguiram bolsas de estudo, mesmo sem *glamour*, em um determinado curso de inglês, para os três filhos; contudo, as finanças não permitiam o supérfluo ou "luxo" para eles, tipo realizar investimentos tais como natação, balé, judô, violão ou outros tantos que contribuiriam para uma formação mais qualitativa dos filhos.

"Numa casa que falta pão, todos gritam"... não que passassem por necessidades, entretanto, como a maior parte do tempo de Vera e Arthur era dedicado ao trabalho, o cansaço e o dever da rotina do dia a dia faziam com que a atenção em relação aos filhos, Mário, Marcelo e Marta, ficasse a desejar. Não tinham disposição para contar ou ler histórias para as crianças adormecerem...

O diálogo não fluía com constância, faltando até mesmo um olhar mais próximo às necessidades básicas afetivas individuais de cada filho, tão necessários ao desenvolvimento da intelectualidade, como também ao desenvolvimento emocional, efetuando uma construção sólida de personalidade. Poderíamos chamar esse "pacote" de afeto.

Seus pais eram carinhosos do jeito deles. Não era comum observar a vontade dos filhos. Nem mesmo na compra de saco de pipocas ou um picolé. Quando os pais, em alguns poucos finais de semana, levavam a família para um passeio, não iam além do Jardim Botânico ou à praia. Frequentavam a praia do Leblon. As finanças não permitiam maiores distrações. Esses dois passeios se enquadravam na renda familiar, mas nem por isso se autorizava a manifestação infantil em apelar, em fazer um ingênuo pedido para saborear um picolé, uma pipoca ou o biscoito *Globo*! Deveriam aguardar a liberação por parte de Vera ou Arthur. Jamais pedir! Eles, pais, decidiriam quando... E, em ocasião de uma visita qualquer, familiar ou não, era padrão da boa educação a criança não abrir a boca, sob nenhuma hipótese, nem para aceitar algo comestível que fosse oferecido ou para opinar em qualquer assunto. Bastava um olhar de seus pais para se intimidarem. Entravam mudas e saíam caladas. Educação estreita!

A família obedecia a um padrão rígido de valores morais. Aliás, extremamente rígidos, implicando um caráter reto, valorizado! A forma de agir, a ética dos Matoso, era uma constante preocupação em relação ao "o que os outros vão dizer, vão pensar..." Reinava a ignorância em relação à visão comportamental. Total saturação de escrúpulos inúteis. Mesmo Vera, atuando na área educacional, suas colocações se restringiam à cartilha didática.

E, dessa maneira se cumpria com o dever, a responsabilidade de fazê-los "crescer", de educá-los num conceito aceito e aprovado socialmente. Consequentemente, esse "método educacional", reconhecido em N famílias, particularmente daquela época, década dos anos sessenta, deixa lacunas na formação do indivíduo no aspecto psicológico. Quem mais sentiu a escassez do afeto e a inflexibilidade dos pais na tamanha firmeza de tratamento foi Marta, como veremos mais adiante.

É de conhecimento dos leitores que se identificam com a literatura comportamental, quando a infância é oriunda de fatos, momentos plenos e felizes, quando opiniões infantis são ouvidas com atenção e apreço, afetos se manifestando diariamente, certamente, obteremos como produto dessa educação, adultos seguros, confiantes para se adentrar pela vida! Marta foi tolhida em suas experiências. E, como nada passa despercebido... A lei da causa e efeito estaria vigente.

Toda ação corresponde a uma reação. Assim nos impõe a Natureza! Tudo nos é permitido, mas a colheita será obrigatória...

Marcelo, o filho do meio, como estatisticamente é comprovado, foi educado, digamos, meio desprendido. Não lhe coube ser sobrecarregado com as ansiedades de seus pais, como também não lhe coube cobranças com respostas "imediatas", como usualmente é imposto ao primogênito, na maioria das famílias.

M

Voltemos a MMM....como já dito, Marta cursava arquitetura numa faculdade do governo, situada na zona norte. Seu histórico escolar a distinguia entre tantos. Quadros de honra ao mérito passaram a ser costumeiros. Estudar para ela não era dever, muito menos obrigação, era um prazer! Quando em férias, logo após os vinte primeiros dias, já demonstrava vontade em voltar aos bancos escolares. Desde o início de sua alfabetização era bastante disciplinada. Em tempo algum ficou em recuperação ou "segunda época" (termo usado na época para recuperação). Buscava a perfeição! Nessa perfeição podemos perceber traços relacionados à sua criação, rígida. Ânsia em aprender fazia dela uma criança/ menina/moça, no mínimo, curiosa. Elemento demonstrativo de inteligência.

Sem dúvidas seria uma excelente arquiteta. Talento não lhe faltava.

Quanto ao aspecto físico de Marta, era bonita e cativante. Dona de uma beleza juvenil que encantava as pessoas ao seu redor. Exalava frescor em seu transpiro. Era leve! Os traços finos eram marcantes em seu rosto, um sorriso largo e sincero! Sorriso que, como um imã, aproximava as pessoas. Olhos cor de caramelo com suavidade no olhar. Também meigo e ingênuo. Cabelos longos na mesma cor de seus olhos. Corpo delgado. Mãos com dedos longos, parecendo de uma pianista. MMM era leve e elegante. Parecia um passarinho, sempre, sempre cantando. Qualquer palavra dita era motivo para se enrolar no "fio da meada" e iniciar uma cantoria. Respirava música. Transbordava alegria. Alegria, traço inerente de Marta.

Marta não passava desapercebida; onde estivesse, olhares a seguiam, não somente por sua beleza peculiar, mas também por sua energia e pelo seu jeito carismático. A bondade era uma outra característica de seu ser. Essa bondade era natural, nada demagoga. Essa mistura de seu exterior com seu interior fazia dela uma pessoa iluminada, quase que numa poção mágica, era hipnotizante.... Suas ideias, sugestões, críticas e comentários eram fecundos, criativos. E, usualmente, interpretados com moderação e coerência.

Bom senso estava inserido constantemente em suas condutas, com isso habilitava um convívio social saudável, e em seus relacionamentos adquiria respeito e atenção sobre diferentes temas. Ou seja, competência não lhe faltava. MMM impressionava, sem dúvidas, porque a base familiar em que Marta estava inserida reunia várias carências. Parece que a "cegonha deixou o bebê na casa errada..." Poderíamos vislumbrar Marta sendo um diamante bruto, com todas as qualidades e o brilho oculto do mesmo; precisava, pois, apenas ser polido. Necessitava, sim, refinamento, apesar da benevolência e de tantos outros atributos positivos de Marta.

Caso Marta tivesse se deparado num meio social mais enriquecido culturalmente, emocionalmente e afetivamente, MMM conquistaria um espaço que faria eco por sua maneira de pensar e agir com toda seguridade. Havia elementos preciosos em Marta que lhe davam o aval em apossar-se de uma trajetória por excelência.

Marta exercia uma rotina agradável, gostosa!

Por fim, para resumirmos, pelas peculiaridades de MMM, poderíamos até mesmo arriscar dizendo que, caso não quisesse ela ter sido amada, a culpada teria sido a natureza, por ter feito em troca de nada uma pessoa com tanta beleza, em toda sua expressão.

Não obstante, como todo ser mortal, Marta não era somente "beleza" ...*convencida* e *envaidecida* por seus atributos qualitativos de ordem física e moral, por vezes excedia-se a si própria, manifestando em seu comportamento uma determinada austeridade e um orgulho incomodativo. Eram atitudes originadas da necessidade de suprir a cota de afeto não obtida durante a infância. Precisava se autoafirmar buscando atenção de todos em volta. Fazendo uma síntese, quando não se pede nada, se pede demais... gostava de ser o centro das atenções! Quando fazia intervenções, as realizava como "senhora absoluta" da situação e de maneira terminante, fazendo a sua voz prevalecer.

UM GRITO, UMA ESPERANÇA

Escreva seu grito e sua esperança

PARTE I:
A FERIDA

"Na altura em que a razão é capaz de compreender o sucedido, as feridas no coração já são demasiado profundas."

- Carlos Ruiz Zafón,
escritor espanhol.

"Em um momento se vive uma vida, mas, também, em um minuto se perde uma vida", fala do ator Al Pacino em uma cena do filme *Perfume de Mulher*.

Por que essa frase implica na vida de Marta?

Veremos...

Fatídico ano de 1976. Inicia-se o drama de Marta! Numa quinta-feira, terminada a aula, ainda no segundo período do curso, caminhando em direção ao elevador, encontra-se com um de seus professores, cativante, muito simpático, falante, com idade que poderia ser quase a de seu pai. Iniciaram uma conversa natural e cordial entre professor e aluna. Esse professor elegeu uma maneira elegante e cavalheira em sua forma de vida universitária. Ninguém, mas ninguém mesmo, por mais que possuísse um desconfiar aguçado, poderia avaliar o "lobo em pele de cordeiro" que aquela criatura vestia. Ele, de um caráter, no mínimo, imundo, também ardiloso e malicioso, foi recolhendo informações que poderiam chegar numa oferta de carona e, assim o fez.-

- Olá, já indo embora? – pergunta ele.

- Sim!

- Só pensar em pegar o trânsito para a zona sul, fico nervoso – diz ele.

- O senhor vai para a zona sul? Que coincidência, eu também – responde MMM.

E ele, ao ver seu intento sendo alcançado, imediatamente intervém:

- Quer uma carona?

- Claro, obrigada! – responde ela.

Marta, em tempo algum, poderia supor que aquela "carona" seria o fim de seus sonhos, fim de uma vida com objetivos que tinham todas as credenciais para se tornarem concretos. Era uma adolescente persistente, determinada nos seus dezessete anos. Sim, muito jovem, mas madura o suficiente para reconhecer, lucidamente, que sua vontade, sua inteligência e sua acuidade poderiam levá-la à materialização de seus planos de vida. Seu principal projeto era SER FELIZ! Simples assim! E, para tal, precisava ter uma profissão, ser reconhecida como competente, ser independente financeiramente, casar como nos conformes da época (estar virgem), ter filhos, assessorar os pais na velhice deles, enfim, uma vida comum, estável e confortável. Não havia obstáculos para tal. Tudo pelo que ansiava era possível.

Como bem disse Geraldo Vandré, "*Quem sabe faz a hora, não espera acontecer*" e para Marta era apenas uma questão de tempo e, com tenacidade, ela faria acontecer, certamente.

M

Aconteceu o inesperado...

Por que?????? - Essa pergunta, como uma faca cravada em seu peito, permaneceu por 30 anos...

Percebendo o trajeto diferente ao que deveria levá-los para a Zona Sul, MMM pressentiu e equacionou que algo no mínimo muito errado estava acontecendo. Uma avalanche de questionamentos vindos de Marta se iniciou.

- Que isso? Pra onde está indo? Não é esse o caminho... volte. Pare! – Sem respostas, continuou dando vazão a sua perplexidade. - Não estou entendendo... Quero saltar.

Nesse momento lembrou que seus pais recomendavam..." jamais aceitar carona de desconhecido!!!!" Mas ele, o professor, não era um desconhecido. Era seu professor!!! Estava desnorteada!

O "professor" calado estava e assim continuou até ao final do trajeto. Do "*seu*" trajeto. Marta tentou abrir a porta do automóvel, mas ele tinha o controle em como manter as portas trancadas. Sua fisionomia, agora, não era mais reconhecida por Marta. Olhar gélido. Maquiavélico. O carro percorria o caminho da "rua do pecado", na Barra da Tijuca, bairro situado na zona oeste. "Rua do Pecado" referia-se à rua dos motéis. Era um ao lado do outro! Marta tentou argumentar, já intuída de um desfecho trágico... *Ensaiou* dizer que nunca tinha tido experiência sexual, que a levasse de volta, que não entrasse ali, que se manteria em silêncio sobre o ocorrido até aquele momento. Seria uma lembrança apagada de sua memória, que ele não se preocupasse com possíveis repercussões. A resposta que obteve foi um violento tapa em seu rosto e seu punho fortemente preso à mão dele, inibindo Marta a qualquer manifestação de defesa.

A partir desse momento a angústia se apoderou de MMM, não havendo lugar para o discernimento por qualquer decisão a tomar. Em 1976 não havia telefone celular. Para muitos, um chute nos "escrotos" daquele "monstro" ou gritar, pedindo por socorro, num absoluto escândalo, num absoluto alvoroço, teriam sido suficientes para se ver livre daquele possível estuprador, e seria uma situação possível, de fácil solução.

Mas, acreditem, agir frente ao terror e ao inesperado, comportamentos tidos como racionais, se torna quase que impossível.

Marta, naquele momento, sentia-se num abandono onde "ela mesma se envolveu". Nem Deus a ajudou naquele momento. Chegou a pedir Sua ajuda, mas Ele não a escutou. Um filme, ainda por acontecer, rapidamente, passou em sua mente. Pensava na vergonha diante de *todos* os seus familiares. Não apenas no seio da família. Pensava na "desobediência" que havia praticado, pensava na repercussão do grave fato na faculdade. Imaginou o descrédito de suas palavras, caso conseguisse sair daquela situação. Porque analisando o fato friamente, a situação era tão patética, tão inusitada, tão primária, tão ingênua!!! Como dariam créditos a MMM. Falatórios tipo... "Ah, óbvio que deu mole", "Como???? Era só gritar... se debater, correr... está a fim de aparecer... coitado do professor!!! Foi envolvido!", "Aquela nunca me enganou, cara e jeito de santinha", no mínimo essas e tantas outras frases fariam parte da especulação alheia, na boca e nos julgamentos ferinos de pessoas *medíocres*...

Por frações de segundos, Marta tentou, reuniu as poucas forças que ainda lhe restavam, esforçando-se muito para encontrar uma possibilidade em fugir, escapar daquele monstro, quando na entrada daquele "matadouro" (motel) a janela do carro ficou meio aberta e foi solicitada a chave do quarto. Foi apenas uma fração de segundos que avistou essa possibilidade em se ver livre daquele perverso. Rapidamente se convenceu que tudo estava perdido devido a resposta do recepcionista, "...o de sempre"? E, mais do que rápido, aquele criminoso, de posse da chave, dirigiu o auto até a última garagem do corredor. Já era cliente conhecido! Faltava muito pouco para Marta se tornar *cinzas*. O medo era intenso demais e a paralisava. Estacionado o carro, o CRIMINOSO determinou que MMM saísse do carro. Marta, absolutamente imóvel, inclusive emudecida, n***ão conseguia emitir nenhum som.*** Foi *arrancada e arrastada* bruscamente do assento do carro e jogada em cima da cama.

Marta usava uma saia azul clara. Nada "provocativa", e mesmo que fosse... nada justificaria o acontecido. O "monstro" por cima dela retirou tanto a sua calça como a calcinha de Marta e, com uma força incomparável, indomável (sim... era pior que um animal) a "*perfurou*", tampando a boca de MMM, praticamente sufocando-a. MMM não conseguia pronunciar uma palavra sequer! Era um pesadelo, aquilo não podia estar acontecendo... Tudo rodava... suor frio!!!

Era somente DOR que sentia. A dor mais avassaladora que dilacerava seu CORPO e sua ALMA.

Marta não sabe contabilizar o tempo hábil nesse CRIME, mas tem a total convicção que foram os momentos mais longos e sofridos de sua vida.

Saindo de cima de Marta, o criminoso, em voz alterada e dominadora, ordenou:

- Engula o choro!!! - com voz intimidadora.

E, novamente, arrastou-a e a jogou para *dentro do carro. Nesse momento, MMM se urinava.* Não tinha mais controle sobre nada ou, melhor dizendo, já havia perdido o controle desde que *percebeu as consequências daquela maldita oferta* de carona.

Rumo à zona sul, ele a deixou na Lagoa, bairro próximo ao Jardim Botânico, onde MMM morava. Não será necessário esclarecer que o criminoso *decretou* o silêncio ser imperativo. Evidentemente, ele negaria tudo, e consequências piores estariam por vir caso ela tentasse algo contra ele ou ousasse falar algo...

Nesse momento, Marta somente conseguia pensar em seus pais. Pensar não é bem o termo correto, porque seus pensamentos não estavam coordenados. A imagem deles vinha em seu íntimo misturada a tantas outras cenas.

O *medo* de tudo e de todos era a única emoção que se apoderava de seu ser.

Encontrava-se num abismo, mas precisava chegar em casa. Trêmula, a cabeça explodia em dor e em desnorteados pensamentos. Não conseguia conter as lágrimas. Parada num sinal, uma mulher vendo o desespero em que Marta estava, propôs ajuda... Marta apenas balançou a cabeça negativamente. A parte de trás de sua saia estava suja de sangue e urina. Pelo caminho, algumas pessoas comunicavam o incidente. Balançava a cabeça, afirmando, como se já tivesse conhecimento do fato.

Entrou em casa. Os pais não estavam em casa. Estavam trabalhando. Seus irmãos vendo televisão. MMM se dirigiu imediatamente para o banheiro. Precisava lavar o corpo e quem sabe o espírito! Não entendeu como não rasgou sua pele por inteiro de tanto que se friccionou, de tanto que se esfregou. Sentia nojo dela mesma. Absolutamente, água e sabão algum expurgaria o asco que sentia de si mesma. MMM conviveu com essa sensação de nojo, com sua própria repulsa durante anos. Sentia-se lixo!

Marta deixou sua roupa *suja* jogada no box do chuveiro e foi para sua cama. Se aninhou nela mesma, numa posição contorcida em agonia física e na alma e, também, em busca de proteção. Queria um colo, um abraço, alguém que dissesse que aquilo não aconteceu, que foi um pesadelo... ou até mesmo se pudesse pedir *socorro*. Na verdade, era o apelo que mais almejava!!!! Gritar por socorro porque nada estava fazendo sentido... SOCORRO!!!

Esse grito também ecoou dentro de Marta por anos. **Foram intermináveis 30 anos de silêncio.** As visões, agora, vinham em avalanches aterrorizantes, mostrando a realidade em que Marta se encontrava. Lágrimas não podiam ser contidas... Assim, nesse estado letárgico, ficou até seus pais chegarem, à noite.

M

Vamos dar uma pausa na história sofrida de Marta para compreender sua reação diante desse CRIME.

MMM vivia no seio de uma família com horizontes pequenos. O principal objetivo de seus genitores em relação à formação da personalidade de seus filhos se bastava na conclusão universitária. Essa era a meta. Era o máximo do sucesso. Podemos afirmar que esse processo tem um significado bastante singular entre tantas e tantas famílias; a busca do equilíbrio físico e mental, na complexidade do que eles consideravam "educar", ficava num lugar quase que esquecido. Um filho receber o diploma caracterizava o sentimento de dever cumprido, tanto para os filhos quanto para os pais. Esse era o reconhecido sucesso.

A sensação de proteção, tão necessária para estabelecer alicerces, base da personalidade, era fugaz e efêmera. A manifestação desse manto protetor era confundida com o MEDO. A real consideração, deferência distinta em relação à dedicação, à estima, não se aplicava!

O "amor" entre a família se dava pela imposição do medo e, não, através do RESPEITO.

Com isso, a espontaneidade, elemento natural e sincero que externamos e onde o afeto especificamente está inserido, estava distorcido. Entendemos, então, que a interação psicossocial se fazia bastante confusa.

A CENSURA tomava o lugar da espontaneidade e se apresentava extremamente rígida.

A sensação que os filhos vivenciavam de forma permanente era que fatos e sentimentos estavam constantemente inadequados. "Um dedo em riste" sempre apontado para os filhos, tanto dentro como fora de casa.

Na "casa interna" de suas essências, o MEDO ecoava, SEMPRE.

Esse medo, escondido no inconsciente de MMM, se fez presente em intensidade, na tarde em que a apavorou, paralisou e a impediu de ter reações de defesa. Surge, então, mais uma emoção, chamada ANGÚSTIA, onde juntamente com o MEDO, doía e sangrava. Seu corpo e alma foram violentados. O físico era puro tremor.

A angústia e o medo numa situação inesperada se transformam em TERROR.

A ANGÚSTIA intensa tem estreita vinculação com o corpo, causando mal-estar físico e psíquico.

Sensações desestabilizadoras tomaram por completo o físico de MMM, garganta "apertada", voz ausente, tremores, impotência de ação, aceleração cardíaca. O pânico e terror vividos frente a um MEDO REAL, CONCRETO, a fizeram adquirir a condição de inválida, tornando Marta TOTALMENTE INCAPAZ, mesmo antes do fato consumado.

Um outro sentimento se apoderou de

Marta junto aos já citados. A VERGONHA... mais explicitamente, a DESONRA. Sim, vergonha era pouco, perto da desonra em que se encontrava e, em 1976, esse era o termo utilizado.

VERGONHA e DESONRA por vezes se misturam a depender da cultura onde se está inserida.

A desonra de MMM a remetia a uma sensação de inferioridade, invalidez completa, isso porque no seu âmago havia crenças que foram introjetadas no decorrer de sua vida pelo seio familiar. Seu *status* social, agora, seria de uma pessoa inferior. Merecer o "amor" das pessoas ao seu redor não seria mais possível de acordo com a nova condição. Estava à margem da sociedade. Precisava se punir; e se apresenta então um outro sentimento no momento, consideravelmente aflorado, chamado CULPA.

Ela, Marta, foi a "culpada" de todo o acontecimento. Culpa pela desobediência aos genitores, às regras morais declaradas, culpa até mesmo por sua beleza. Amaldiçoou, pois, essa beleza...

A CULPA é o tempero de todo esse oceano de emoções.

Ressaltando que esse embrulho de sensações está a nível do inconsciente. As vivências foram percebidas e sentidas de forma errônea, mas se evidenciaram sob uma forma realista e bastante sofrida.

Marta Maria Matoso era apenas DOR, em toda sua profundidade, sem o conhecimento da elaboração dessas sensações, obviamente.

... Quando Vera e Arthur retornaram do trabalho, encontraram os dois meninos assistindo televisão e Marta deitada, olhos inchados.

- Está chorando, por quê? – perguntou a mãe.

- Porque estou com cólicas, vomitei e acho que estou com febre... – respondeu Marta, com um misto de desejo por esconder o acontecido e ao mesmo tempo com vontade de que perguntassem mais, descobrissem e a pusessem no colo.

- Já tomou um analgésico? – perguntou a mãe.

- Já! – e nada mais falou Marta.

É possível o corpo reagir até mesmo com a febre numa potencial situação de fragilidade.

Marta precisava "esconder" o crime de TODOS, pelo MEDO da REJEIÇÃO familiar e social, vergonha de descobrirem sua atual identidade, que a partir daquele momento se formava, porque a *verdadeira* MMM havia "morrido". Uma nova identidade se fez necessária porque não queria em hipótese alguma fazer seus pais sofrerem. Bastava apenas ela, uma pessoa somente, sentir aquele sofrimento. Ela, sim, a "responsável" por todo o acontecimento.

A CULPA foi o *elemento vital* para a sobrevivência de Marta. Foi a forma que encontrou para superar sua condição de inferioridade frente ao estupro.

Precisou desse "argumento" para ser "digna" do sofrimento daquela pessoa que surgia de agora em diante, uma personalidade que ela mesma desconhecia e teria que aprender a conviver, afinal, lá no fundo, bem lá no fundo de seu inconsciente, *erroneamente*, "ela foi a causadora de tudo"... onde na verdade, ela, Marta Maria Matoso, foi VÍTIMA de um HEDIONDO CRIME.

Esclarecidas as emoções vividas por Marta, caberá ao leitor julgá-la com dedo em riste ou coloca-la no "colo".

...Continuando...

Seus pais aceitaram o "mal-estar" de Marta

sem maiores questionamentos. O item *observação* em seus genitores não era um dos traços mais marcantes. Voltaram a seus afazeres de um pai e de uma mãe, cansados após um dia de trabalho. Enquanto isso, no seu quarto e "coração" escuros, MMM se entregou ao seu completo abandono. Ninguém, ninguém mesmo, teria mais como chegar perto dela! A solidão era tão, mas tão dolorosa, que havia apenas uma maneira de se livrar dela! Seria o de dar termo a sua vida, concretamente, porque, subjetivamente, Marta já não existia mais.

Marta viu, sem adormecer por nenhum segundo, o dia clarear. Não tomou o café da manhã, seu estômago ainda revirava. Afirmou com propriedade que não iria à faculdade, sentia necessidade em caminhar. Sua mãe argumentou mais um pouco:

-Você parece bastante doente, está com olheiras profundas!!! É realmente apenas indisposição menstrual?

-Houve naquele momento uma real preocupação de sua mãe para com Marta. Nunca havia visto sua filha em tamanho desalinho...

Aconteceu algo, pensou. Apenas, de repente, e rapidamente, uma dúvida entremeou em seus pensamentos! Porém, não havia tempo para maiores preocupações e detalhes. Afinal, Marta sabia como se cuidar. Sempre exemplar!!! Não perderia seu tempo, que já estava bastante corrido, em ansiedades e intranquilidades, completamente irracionais! Precisava mesmo era agilizar com o café da manhã, os rapazes já quase prontos para se dirigirem para suas faculdades, e Arthur se preparando para iniciar seu dia de trabalho, estressante, no táxi. Não viram quando Marta, simplesmente como robotizada, bateu a porta da sala e tomou rumo ao calçadão de Copacabana.

No trajeto, no ônibus ainda vazio por conta do horário, muito cedo ainda, a trocadora, sensível ou intuída por um "sexto sentido" que as mulheres têm, percebeu que algo não muito bom estava por acontecer com Marta. Foi até ela...

- Precisa de ajuda? - perguntou.

Marta, em choro convulsivo e compulsivo, negou!

- Não tenho como ter ajuda - conseguiu falar!

Ela segurou as mãos de Marta, em forma de prece, e disse...

- Desconheço o motivo de sua aflição, mas percebo algo muito grave acontecendo. Por pior que seja seu conflito, acredite, tudo passa, não desista da vida.Você é uma moça jovem e bonita! - falou, enfaticamente.

E, falando por mais um segundo...

- Por maior que seja seu sofrimento, estou diante de sua dor e percebo que é profunda, com toda a certeza, mas nada justifica realizar o que está se passando em sua cabeça. Deixe-me chamar auxílio para você. - Olhou no fundo dos olhos de Marta, como se enxergasse sua alma, e disse que iria orar por ela.

Aquela "conversa" foi muito, muito rápida, mas o tempo suficiente para deixar um rastro de reflexão, mesmo que inconsciente, em MMM. A cobradora voltou para sua cadeira, para seu trabalho, até porque Marta se apressou em saltar no próximo ponto. Queria estar só... se abandonou! Estava determinada a entrar no mar e não voltar. Não existia mais nenhuma outra possibilidade, mas se permitiu caminhar um pouco antes de acabar com aquela dor, física e moral. Provavelmente, nesse período da caminhada que se estabeleceu, seria o tempo adequado para se encorajar a praticar o suicídio, ou não, provavelmente, devido às palavras da cobradora do ônibus.

E, durante o percurso, assistiu em seu íntimo a DOR de sua família e de seus amigos... não entenderiam absolutamente nada!

Por quê, Marta, por quê? Seria uma pergunta na vida de todos que jamais se calaria, como também jamais obteriam uma resposta.

Seria a dor mais sofrida já vivida por um pai e uma mãe. Seus irmãos e amigos conheceriam o luto em sua total profundidade! E as palavras daquela cobradora também vinham numa sequência que dominavam seus pensamentos. Talvez Deus tenha escutado as preces daquela moça... Nessa junção de pensamentos "fragmentados", pois assim eles se encontravam, Marta teve um "suspiro" de vida! Chegou até ela uma possiblidade. Pensando no sofrimento de seus queridos, se concedeu uma chance, precisava de um tempo para pressentir uma resposta mais corrente para esclarecer o seu desaparecimento através do suicídio. Não tinha o direito de sumir da vida de todos sem uma explicação, sem uma resposta. Seria muito cruel de sua parte!

Portanto, no momento, a única opção que surgiu caso tivesse engravidado, seria o de levar a termo sua vida, com toda a certeza, mas até confirmar essa possibilidade, teria um espaço para pensar numa justificativa, mais ou menos plausível para essa transloucada atitude. Caso contrário, se a gravidez não tivesse acontecido, teria um tempo para tentar digerir, elaborar como seria sua "vida" a partir dali. Nesse espaço de tempo, ainda sonhava... quem sabe, por um milagre, por momentos de devaneios, aquele terror havia sido um pesadelo. Era necessário um pouco de ilusão para sobreviver aqueles próximos dias.

Apenas uma coisa era a mais certa de todas as coisas. Sua tristeza era sem fim. Escuridão por completo. Nenhuma luz no fim do túnel!!!!!

Caminhou durante todo o dia. Não precisava justificar sua ausência de casa. Seus pais retornariam ao anoitecer. Aconteceria o mesmo com seus irmãos. Não saberiam por onde estaria Marta. Caminhou em busca de decisões, mesmo que desordenadas.

Ao anoitecer, quando todos em casa, Marta comunicou sua decisão em não continuar a faculdade. Não havia acordo,muito menos a possibilidade de discutir sobre o fato, da forma tão incisiva e determinada em que Marta fazia naquele momento suas colocações, para imensa surpresa de todos. Não havia candura em sua fala, particularidade a que estavam acostumados. Atreveria dizer, uma rigidez tal, uma frieza, incompatível com a meiguice de MMM. Em sobressalto e sem nenhuma razão palpável do que estava acontecendo, pais e irmãos se viram obrigados a aceitar a decisão de Marta, mesmo que contrariados!

Caso acontecesse a extinção da menstruação, MMM se afogaria. Sairia para um banho de mar, como tinha o costume em fazê-lo, pois ir à praia era um de seus divertimentos preferidos. "A correnteza a levou"... seria uma explicação e as pessoas não classificariam como suicídio. Seria um padecimento, sem dúvidas, porém, com menos tormentos. Estava decidido.

E, caso a gravidez não se corroborasse, o que fazer??? Tudo era uma grande interrogação na vida de MMM. Marta contava apenas com a companhia dela mesma. Não se abriu nem mesmo com sua melhor amiga. Marta tinha um círculo de amigos considerável. Gostava do convívio social.

Obviamente, Marta não voltou nunca mais

à faculdade. Comunicou que estava num processo existencial, não sabendo dizer se realmente era a sua verdadeira vocação ser uma arquiteta. Sabia apenas afirmar que não estava feliz! Não entenderam essa "crise" de MMM, ninguém entendeu!

A regra da casa Matoso era clara, se não estudar, vai trabalhar e terá a obrigação em ajudar financeiramente nos custos da casa. Ficaram insatisfeitos, pensando ser mais um capricho da adolescência, apesar de MMM não ser uma adolescente com perfil "aborrecente". Um diploma de arquiteta iria conferir aos pais de Marta o título de bons formadores em educação! Quanto orgulho da filha! Era o mais nobre patamar que seus pais poderiam alcançar! Mas, ao invés disso, as especulações chegaram, clichês tais como, "*logo você, Marta, que nos parecia tão centrada. Sim, são as companhias! São suas 'amiguinhas' colocando caraminholas em sua cabeça. Pensávamos que era equilibrada, grande engano, quanta decepção*". A percepção além de um palmo de seus narizes era inexistente. Sob ideias inflamadas, preconceituosas, era nessa realidade que Marta vivia. E mais uma "culpa" vai esculpindo sua forma nessa "nova" identidade de MMM. Ela, agora, era a responsável em não atender o maior objetivo de seus pais que se sacrificaram em favor de uma educação primorosa, não mais iria colaborar nos sonhos de seus genitores em assistir a formatura da filha recebendo o tão esperado diploma.

Essa alegria MMM não pode oferecer a seus pais... nem a ela mesma.

UM GRITO, UMA ESPERANÇA

Escreva seu grito e sua esperança

PARTE II:
O CURATIVO

"Meu coração surrado deu de arrancar o curativo, deu de cutucar o machucado..."

- Caio Fernando Abreu, jornalista e escritor brasileiro.

Que dificuldade em "respirar" nos dias que se sucederam até definir sua vida ou sua morte, de vez! Podemos, também, traduzir esse "respirar" em sobreviver. MMM viveu um impasse! Coube à natureza lhe dar a resposta, impondo a MMM buscar uma força interior que ela não sabia possuir, a fim de tomar decisões. As regras mensais chegaram. Foi lhe conferida a sobrevivência. Precisaria construir uma personagem para seguir... e, num suplício silencioso que a consumia, minuto a minuto, ia se formando uma Marta intimamente solitária e triste!

Marta não pensou em vingança! Nem poderia... Se vingar, como? Absolutamente ninguém sabia do acontecido! E tentava ao máximo evitar que pensamentos daquela tragédia interferissem no seu cotidiano, desde que a opção por viver se fez presente. Sua condição, agora, de inferioridade, fez a sua vida ter significados singulares. Independência e autonomia não fariam mais partes de suas conquistas. O que era importante para MMM já não existia mais. O contato com seu antigo "eu" foi se perdendo dia a dia. MMM observava, vivia e convivia com sua própria angústia. **Isso aconteceu pelos trinta anos seguintes.**

Houve um bloqueio em relação aos estudos. Decidiu, terminantemente, não mais estudar. Como sabido, pelas normas da família Matoso, se não estuda, então, trabalha.

Assim Marta o fez, pedindo emprego como balconista na padaria da esquina de sua rua. Marcos Guimarães, filho de portugueses, rapaz de 30 anos, comprometido com o trabalho desde seus 15 anos, um bom filho e pessoa sensível, lhe concedeu o emprego, mesmo sabendo de sua inexperiência profissional, porque Marta era dedicada exclusivamente aos estudos e conhecida na vizinhança como moça responsável e de "boa" família.

Falam que o tempo apaga tudo. O tempo não apaga, tempo adormece.
(Raquel de Queiroz)

Marta ia conduzindo sua vida sem aspirações, sem sonhos e sem objetivos. Meramente, ia seguindo com a vida. Não havia mais brilho em seu olhar. Continuava, fisicamente, uma moça atraente, mas se detestava nessa condição. Queria ser e estar despercebida grande parte de seu tempo. Fins de semana, lugar cativo em casa, lendo um livro selecionado em tema comportamental. Precisava de respostas para as perguntas que somente a ela cabiam ser conhecidas, ou assistindo um filme na televisão. Estes com conteúdo que se incluíam no propósito de se autoconhecer.

Quase todos na casa tinham tarefas domésticas a serem cumpridas. O único não participativo era o pai. Numa casa onde o machismo e o autoritarismo eram predominantes, o "chefe" da casa era poupado. Marta gostava de cozinhar. Também encerava o chão. Naquela época se usava palha de aço, cera e enceradeira. Parecia uma "gata borralheira", fazendo uma pequena analogia! Mas, nessa história, não teria espaço para a Cinderela.

Amigos e familiares questionavam a evidente mudança no comportamento de Marta, principalmente nos três primeiros anos após o crime em que foi vitimada. Ficavam no vácuo. MMM se apresentava mais silenciosa, introvertida, olhar distante e sem brilho, sorriso pequeno, acuada, a estética foi desprezada e se observava uma melancolia romântica.

Por que MELANCOLIA? Porque, analisando o verdadeiro significado de melancolia, é uma saudade daquilo que nunca aconteceu e que nunca acontecerá.

Para Marta, romantismo não teria mais espaço em seu viver. Assim se constituía a nova personalidade de MMM. Era um dia de cada vez.

- Mais um dia - repetia para ela mesma.

O trabalho foi um de seus remédios. Trabalhando com afinco e determinação, tanto na padaria quanto em sua casa, Marta seguia sobrevivendo, pois mesmo com sua ferida em segredo, que continuava a sangrar interiormente, ela se exteriorizava com o registro da amabilidade e afetividade, não deixando a amargura que trazia em seu peito se transformar em acidez.

E, rapidamente, MMM foi promovida para o "caixa" da padaria. Não poderia ser diferente. Sua conduta clássica em índole, caráter, competência e responsabilidade era vivida na íntegra.

Três anos se passaram, ano de 1979 e Marta estava com 20 anos, sobrevivendo aos tempos de "perdida". Sim, era essa a terminação que a sociedade usava para o propósito de se perder a virgindade, diziam, "se perdeu". Intimamente, ela mesma se legendava assim. Somente ela, com obviedade.

Quando a realidade exterior não comporta as emoções que intimamente se está vivendo, a ANGÚSTIA toma uma proporção tamanha que nos é difícil definir e mensurar.

Marta, internamente, era a personificação da angústia. Porém, ninguém compartilhava desse sentimento, porque na alma de MMM existia uma generosidade que não permitia estender seu suplício a mais ninguém. Unicamente ela tinha a obrigação de sofrer e sabia porque sofria, era merecedora dessa agonia.

A percepção errônea da culpa fazia a vida interna de Marta ser um martírio.

Após três anos de convivência diária com MMM, Marcos não teve como não deixar de se enamorar por Marta, começou a fazer sua corte. Nada, absolutamente, nada, comprometia o comportamento, a integridade de Marta. Pelo contrário, estava diante de uma moça recatada, inteligente, bonita, oriunda de um tronco familiar íntegro e com todas as possibilidades de seus ascendentes a receberem como uma pretendente a "altura dos Guimarães".

E o tempo foi se encarregando de cicatrizar a ferida. Precisava ser cicatrizada para seguir, mesmo que impelida pelo dia a dia! A vida prossegue... não há tréguas.

Marta se permitiu enamorar-se de Marcos. A família Matoso ficou radiante. Fazia parte da cartilha de um bom educador "passar o bastão" para uma outra família honrada. Casamento era um dos principais capítulos da cartilha.

Contudo, Marta, logo na primeira oportunidade, esclareceu sua condição de "perdida" para Marcos. Disse ter acontecido com um antigo namorado. Marcos, pasmo e desiludido, ficou... como??? Conhecia toda a família Matoso desde criança e não se recordava de Marta com nenhum namorado!

Não havia muito o que explicar e Marta também não estava interessada em maiores esclarecimentos. Era isso e ponto. Marta passou a ser pessoa com decisões um tanto autoritárias. Aprendeu a falar com determinação, mas a ternura não ficou perdida no meio desse emocional angustiado. Marta continuava uma pessoa terna, apesar de não admitir esse traço para si mesma.

Marcos estava tão chocado com a revelação que foi necessário pedir conselho ao pai! Lembremos que Marcos vem de origem portuguesa, onde a ética do comportamento e o catolicismo eram vividos na íntegra. Família que regia a autoridade na benção de todos os dias. Marcos era filho único. Ele vivia para a obediência aos pais e para o trabalho. Seu horizonte perante a vida era delimitado por seu pai e sua mãe. Quanto autoritarismo!

Chamou seu pai para uma conversa de homem para homem e foi colocado o "problema" de Marta. Inesperadamente, seu pai consentiu o namoro e futuro casamento. Desde que Marta fosse uma "mulher" de nível, suas atitudes eram honradas! Por experiência - machista, diga-se de passagem - sabia muito bem distinguir uma mulher de nível.... Porém, seria um segredo entre eles, o pai de Marcos, Marcos e Marta. Este segredo iria para o túmulo...

Por mais absurdo que esse discurso pareça, essa realidade fazia parte dos anos 70...

Marcos se revelou o homem mais feliz do mundo. Estava apaixonado por Marta e o consentimento de seu pai lhe surpreendeu, com isso os problemas dessa ordem se acabaram, mas viriam outros...

Marta não se deixou casar em igreja. Não se achava digna aos dogmas impostos pela religião. Marta, antes do acontecido, era uma pessoa de comportamento compatível com as regras sociais da época e fazia dela uma pessoa fiel aos princípios, mas depois do episódio, se tornou muito mais severa com ela mesma. Uma "general". Tinha a "obrigação em sofrer" inconscientemente.

Marta também não se deitou com Marcos antes da noite de núpcias. Até porque, a libido por parte de Marta era inexistente, e Marcos aceitou de bom grado não compartilharem a mesma cama antes do casamento. Marcos, pela sua educação rígida, canalizava seus ímpetos sexuais para o trabalho, apesar dos hormônios estarem pulsantes, devido à sua juventude. Seu respeito e admiração por Marta cresciam dia a dia. E, alimentava a ilusão de uma "noite de núpcias", como era uma determinante ao se casarem.

O enlace matrimonial aconteceu apenas no casamento civil na presença dos respectivos Matoso e Guimarães e irmãos. Um almoço na presença deles foi a festa de recepção, para decepção desses familiares. Ela, única filha mulher e ele, único filho. Queriam festa, comemoração, mas não houve meios de fazer Marta mudar suas condições. Todos assistiram uma missa no final da tarde. Imposição dos Guimarães.

- Sim - disse Marcos.

- Sim - disse Marta (um Não a ela própria).

Marta, agora, Sra. Marta Maria Matoso Guimarães, recebera o status de mulher casada. Agora, inconscientemente, Marta já não era mais a "perdida". Alguém, misericordioso, a aceitou! Galgou um espaço social, o de mulher casada. Psicologicamente, aconteceu um avanço em sua autoestima, inegavelmente. Surge um nobre e rico sentimento chamado GRATIDÃO. Esse sentimento foi se desenvolvendo e promovendo raízes firmes para a trajetória de vida de MMM.

E, junto a Marcos, seguiram para Campos do Jordão, lua de mel ou lua de fel????????

M

Não foi uma coisa, nem outra. Já se esperava uma lua de mel, "morna", sem encantamentos, romantismo e doçuras. Por parte de Marcos houve empenho nos quesitos ditos, mas por parte de Marta ficou subtendido, *"se me amas de verdade, por favor, não me ames, não sou merecedora de teus nobres sentimentos"*. A culpa constituía seu traço mais marcante.

Marta era portadora de uma inteligência sensitiva e aguçada. Muito jovem já intuiu que as escolhas que perfazemos são peças fundamentais para serem dispostas perante a nossa existência; através destas definimos como regeremos nossa "orquestra" da vida, com maiores ou menores problemas, "notas musicais mais afinadas, ou mesmo desafinadas".

Aliás, para Marta, problemas corriqueiros do dia a dia já não existiam mais; existiam, sim, soluções. MMM fundamentou essa regra intimamente. Ela trazia motivos convictos para pensar dessa maneira. Com a complexidade e intensidade da agonia que Marta vivenciou em 1976 e que por um triz não deu término em sua vida; reconheceu que existem inúmeras opções em elaborar e solucionar problemas. Sua sutileza não foi subtraída.

Mesmo naquelas polêmicas, naqueles problemas mais confusos, aqueles que insistem em nos deixar entregues aos labirintos e precipícios, que não produzem respostas imediatas ou claras, sempre haverá soluções caminhando em nossas direções, mesmo que não sejam percebidas.

Mesmo insegura e fragilizada, MMM se manteve erguida. Compondo uma personagem, sim, com sofrimentos que somente ela poderia avaliar, mas levando a vida adiante.

Definitivamente, para Marta somente, não havia solução para a morte física, quando o "cara" lá de cima teima em querer "conversar" conosco, *tête-à-tête*.

Como já relatado, posteriormente ao grave acontecimento, e o tempo sendo implacável em lançar a existência de MMM adiante, Marta se apoderou de uma estranha força onde qualquer "problema" que surgisse poderia se transformar em soluções. Essa estranha força tem um nome... ESPERANÇA! Nomear e estar cônscia de uma emoção é o mesmo que lhe dar alma!

"Somos, *na maioria das vezes*, as escolhas que elegemos", será que isso se aplica a todas as situações?

A realidade nos mostra que existem eventos independentes de nossa vontade, como de fato aconteceu o estupro.

A mistura da base emocional, mesmo fragilizada, que MMM possuía, mais a sua sagacidade fez com que Marta aprendesse a utilizar as alternativas menos sofríveis para escrever sua história durante 28/30 anos.

Vislumbrou no casamento a possibilidade de ser "feliz". Marcos, marido, genro e um bom filho. O trabalho executava com habilidade, dedicação e responsabilidade. Praticamente, no batente de domingo a domingo. Em padaria, o proprietário trabalha os sete dias da semana. Cresceu em condições psicológicas parecidas com as de Marta.

Seus pais também faziam vistas curtas para o aspecto sentimentos. Imigrantes de Portugal, chegaram ao Brasil "sem eira, nem beira" constituindo um patrimônio embasado no suor do árduo trabalho. A observância por eles mesmos e pelo filho não ultrapassava a margem do aspecto físico. Autoritarismo masculino, submissão feminina, normas convencionais e preciosas da casa. Permanente desordem e dificuldade em distinguir respeito versus medo.

E assim concluíam ser a conduta familiar mais adequada. Percebemos, então, uma intimidade de comportamentos semelhantes entre as famílias Matoso e Guimarães, maiormente na economia de afeto. Esse, também, escasso na família Guimarães. Novamente nos encontramos com esse sentimento. Este se inaugura na sutileza da entrega de um amor bondoso, agudo, no toque aveludado, na expressão do olhar sem julgamento, na entrega do ouvir. Afeto requer acolhimento. Afeto tem que ter "cafuné". Afeto é sentido e construído no dia a dia, na graça da solicitude e da gentileza. Faltava esse ingrediente nessas famílias...

Afeto! Sentimento que fornece o sentido da vida. Sem este, passamos simplesmente pela vida sem lhe dar o verdadeiro significado.

Marta e Marcos, carentes nesse quesito! E, com isso, era um dia após o outro. Uma "chata" mesmice. A vida não pulsava! Simplesmente, ia...

A nova residência de Marta foi num sobrado, em cima da padaria, com os sogros. Aprendeu, muito rápido, que a submissão feminina era considerada uma qualidade. Marta não aprovava esse tipo de comportamento, mas devido ao sentimento de culpa que carregava, suas atitudes eram determinadas sob esse aspecto.

Não esqueçamos que após o episódio em que Marta foi vítima, passou a compor uma "personagem" que tinha a obrigação em sofrer. Não era muito difícil realizar essa personalidade, porque o sofrimento interno era real e não fazia a mínima questão em modificar. *"Sabia o porquê e tinha a obrigação de ser menosprezada por ela mesma e pelos outros".*

O casamento, velozmente, foi perdendo o encanto, se é que em algum momento tivesse tido algum, pelo menos para Marta. Marcos seguia fielmente o exemplo do pai. Trabalhador e machista. Marta dava seguimento ao seu trabalho na padaria, contudo, sua remuneração pertencia agora à família Guimarães, pois agora, ela era também "sócia" do estabelecimento. Com isso, Marta vivia oprimida, inclusive, financeiramente, o que constituía para ela um vexame ao pedir dinheiro para suas próprias despesas, como para as despesas da casa. Mesmo contrariada, digeriu esse traço dos Guimarães. Contrariedades foram inúmeras que Marta se obrigou a vivenciar. Será que Marta se tornou uma masoquista para racionalizar sua condição de culpada?

Ela não compreendia porque as pessoas deliberavam pensamentos e comportamentos tão preconceituosos,tão pequenos, no dia a dia, que magoavam uns aos outros. Eram sentimentos que não eram compatíveis com os de Marta. Deixemos evidente que Marta não perdeu sua disponibilidade em oferecer generosidade e afeto. Contudo, permitia-se ser ofendida, ser roubada em sua liberdade de expressão. Sabia o porquê do merecimento em "apanhar".

A culpa, sempre a culpa. Ocupava um lugar escondido no coração de MMM que, sorrateiramente, a puxava abismo abaixo.

Marta atravessava sua existência num esforço incomum. Difícil sentir determinadas emoções e confrontá-las, sim, MMM confrontava-as intimamente. Marta Maria, no seu íntimo, não era um avestruz, como reza a lenda, que enfia a cabeça no solo. Marta, em seu âmago se questionava, e muito!

Ansiava por resposta. Ela não conseguia entender e, consequentemente, definir suas aflições pessoais, portanto, a lógica rebate afirmando que não seria possível adequá-las com o que ela pensava e como se comportava, não havia coerência entre o que ela achava e como agia. E a maneira que encontrava para aplacar essa ansiedade que lhe consumia há anos era através da "Mendicância" do afeto, "mendicância" do amor, "mendicância" da aprovação alheia, dia após dia. Uma carência originada na infância.

A deficiência de afeto implicou na substituição da estima pela imposição da rigidez educacional dos Matoso, afeto era confundido com o medo e o respeito. Muito mais medo que respeito, portanto, o autoritarismo, foi o comportamento de ordem que era regido no "quartel general Família Matoso". Como uma "bola de neve", a carência em afeto cresceu, cresceu e cresceu, chegando ao cúmulo das mendicâncias para Marta Maria.

MMM, pessoa especialmente intrigante!

Se houvesse um aparelho de raio X para fazer o diagnóstico de sentimentos e emoções, certamente encontraríamos nela um conteúdo de força que só aqueles que estiveram numa situação de pavor, de medo extremo, possuem, material digno de ser analisado.

Marta Maria Matoso possuía essa energia, essa usina de força. Essa potência se irradiava em inspiração e em garra. Convertia esse entusiasmo criador em hábitos conceituados valorosos e aceitáveis não somente em seu núcleo familiar, como também socialmente, porém lembrando que o pacote interno psicológico e emocional de MMM se encontrava fragilizado. Motivo pelo qual um "estudo" foi mencionado. E, que sopro de vida seria esse que capacita um ser humano a sobreviver apesar de...? Mesmo não sendo por inteiro, mesmo não sendo por completo, porque uma ferida igual à de Marta jamais seria fechada por inteiro?

Cicatriz não se basta no sentido figurativo; o "queloide" permaneceria em sua alma, para sempre!

Podemos afirmar que entre seus 17 e 47 anos, Marta conheceu o peso da desorganização emocional. A culpa impelindo-a ladeira abaixo. Porém, situação efêmera e extraordinária.

Essa mesma culpa que a impulsiona com emoções de inferioridade, de um ser incapaz e outras tantas, também foi a responsável pela sua sobrevivência, porque tinha que viver para expurgar todo o detrito que estava em suas entranhas desde aquele sinistro dolo.

Marta não lutava por sua independência, sua autonomia. Atitudes que certamente fariam dela um ser mais livre! Morava, psicologicamente, numa prisão, estava confiscada nela mesma. Não lutava para sair da dependência, nem das sombras dos Guimarães. Pelo contrário, o sentimento que nutria era de agradecimento a eles. Seu sogro a aceitou com seu grave "defeito" e se manteve no silêncio, como prometido. E Marcos a esposou!

Marta se utilizou de mecanismos de defesa para seguir... Foi-se enveredando por caminhos que nunca supôs trilhar.

Como gostava de cozinhar e tinha o paladar requintado, iniciou a prática da culinária, incrementando, assim, a padaria de Marcos. Fez também alguns cursinhos culinários sem maiores títulos. Com sua aptidão poderia ter se arriscado a cursar o *Cordon Bleu*, no bairro de Botafogo, não longe do Jardim Botânico, onde residia.

Já não era mais o "caixa" da padaria e como o estabelecimento era razoavelmente espaçoso, Marta, criativa, desenhou a possibilidade de uma reforma, adicionando ao estabelecimento dos Guimarães recursos sob a forma de uma *delicatessen*. Tiro ao alvo!!!! Foi certeira. Além de padaria, já reconhecida nas redondezas por excelência e num canto tanto caprichoso em detalhes e de extremo bom gosto, essa nova atividade naquele estabelecimento atraiu olhares para clientes mais requintados.

Para a *delicatessen* se transformar num bistrô foi um passo pra lá de rápido. Inclusive, um enólogo e nutricionista foram contratados para a valorização do empreendimento. Mesmo com tantos artifícios de sucesso, a culpa de MMM, nela inserida, era vivida em forma de "pecado", nada colaborava para a elevação de sua autoestima. Secretamente, era infeliz! Angustiada, seria o termo mais apropriado!

Marta adoraria ter sido mãe. Marcos desejava ser pai. Foi criado dentro do cristianismo. Perpetuar a criação é um dever! Especialmente nesse quesito, MMM não concedeu essa plenitude, nem para ela, nem para os familiares. Tinha a convicção de sua incapacidade emocional. Seria uma irresponsabilidade gerar, criar, educar um filho! Que Marcos e o restante dos familiares atendessem sua deliberação em dizer não a maternidade,mesmo todos sem compreender o porquê dessa posição. A resposta que acharam para explicar a negação de Marta com relação à gravidez apareceu na possibilidade de seu traço egocêntrico. Assim postularam. Egocentrismo em Marta? Era o traço mais ínfimo em Marta. Faz-me rir...

Para tanto, Marta transferiu desejos inconscientes, deslocando-os, direcionando-os para o âmbito social, realizando escolhas em atitudes beneméritas, tais como ler para cegos, alimentar doentes que foram abandonados por seus familiares em um determinado hospital público, como também, dentro desse mesmo hospital, frequentava a ala da maternidade, levando enxovais que ela mesma confeccionava, para as pacientes mais carentes, uma palavra estimuladora aqui, outra lá... alfabetizou muitos que nem sequer sabiam assinar seus nomes, agasalhar e alimentar moradores de rua também fazia parte de sua entrega.

Marta possuía um relativo conhecimento da língua inglesa. Se aventurou ensinando inglês para crianças numa creche popular, durante alguns anos, aproveitando a oportunidade para passar valores morais e éticos. E promoveu nessas crianças o hábito da leitura. Ofertou para essas alunas a possibilidade de dias melhores pelo afinco ao estudar, orientando ser o estudo o tesouro único que ninguém pode apossar-se, e também, através do lúdico, Marta, sensivelmente, procurou desenvolver as diferentes competências que cada aluna apresentava.

Não permitia as pessoas saírem do seu lado sem se sentirem melhores do que quando chegaram. Aprendeu a desempenhar esse papel com Madre Tereza de Calcutá. Não que tivesse a pretensão de ser uma Madre Tereza, mas experimentar lições deixadas por pessoas que merecem toda a reverência valia a pena! E, como resultado, ela causava nas pessoas esperança e bem-estar.

Por todos os motivos e ações descritas

podemos avaliar que a culpa vivida por Marta teve um papel responsável em lhe dar um sentido, um significado de vida, de sobrevivência, durante 28 anos; realizava atitudes dignas e aprovadas perante a sociedade e assim fortalecia sua condição de vida, porém, também durante todo esse tempo, sorrateiramente, disfarçadamente, a culpa vinha lhe empurrando abismo abaixo. É ambíguo, sim, mas possível!

Após 28 anos, Marta, então com 45 anos, é apresentada em toda sua complexidade, sem pedir licença para chegar, à depressão!

Não poderia ser diferente. Durante 28 anos MMM viveu um inferno astral, diriam os astrólogos. A depressão, seguramente, teve sua iniciação, como um câncer silencioso, no episódio do crime. Veio tomando forma, vagarosamente, em forma de tristeza interna, em sorrisos tímidos, sem ânimo na perseverança em conquistas próprias, até porque objetivos e planejamentos pessoais, já não os mais possuía. Deixava a vida lhe levar com gratidão. Gratidão, nobre sentimento, uma forma de amor que ajudou a pulsar sua vida durante esses anos. Mesmo assim, não foi suficiente para impedir a manifestação da depressão, em forma violenta.

Depressão é uma séria doença combinada num conjunto de sintomas.

Salientamos em Marta o descuido da aparência, seus cabelos não recebiam mais tinta para ludibriar os fios brancos, falta de apetite inaugurando uma estranha magreza, não comparecia mais aos seus compromissos sociais, afastou-se de todos, ficar em casa era seu lugar predileto, especialmente sozinha. Um quarto escuro lhe cabia muito bem. De dona de casa exemplar, onde nada faltava, agora totalmente relapsa, faltava tudo, desde uma simples garrafa de água gelada na geladeira. Vontade, artigo de luxo! Única vontade que tinha com total liberalidade era a de chorar. Sentia-se sem energia, sem vigor. Sem forças para resistir à letargia.

Caso passasse um "circo em frente à sua casa, ela com certeza iria atrás". Sumir de tudo, de todos e principalmente dela, era pelo que mais ansiava.

A tristeza sem tréguas tomou conta de Marta, furtando a capacidade de discernimento.

Marcos, apesar de canalizar praticamente todas as suas energias para o trabalho, porque essa era a principal conduta disciplinar portuguesa, não desviava seu olhar terno, preocupado e sempre admirador por Marta. Percebia nela uma tristeza que ninguém conseguia decifrar e, ou excluí-la. Até mesmo para Marta, quando se dedicando às tarefas de casa, padaria, obras sociais e tantas outras tarefas com sucesso e que pareciam ser envolventes, que preenchiam sua vida, havia uma lacuna a ser completada.

Mistério!

Havia uma peça nesse quebra-cabeças que não se encaixava. Ficava perplexo!

E quem preencheu essa lacuna foi a depressão, como um grito de SOCORRO. Finalmente! Acreditem! Foi o que moveu MMM para sua libertação.

UM GRITO, UMA ESPERANÇA

Escreva seu grito e sua esperança

PARTE III:
O TRATAMENTO

"Todo tratamento psicanalítico é uma tentativa para libertar o amor recalcado."

- Sigmund Freud,
médico criador da psicanálise

Precisava de ajuda, urgente! Ela sabia disso. Marta era inteligente! Sabia que fatos não poderiam ser mudados, mas teria que haver uma promessa de vida, porque esta estava se esvaindo. Chegou ao final do túnel...

Marcos também se perguntava como trazer Marta de volta? Desconhecia aquela pessoa que estava ao seu lado.

Como descrito anteriormente, Marta não cuidava nem mesmo de suas próprias necessidades, seu estado de fragilidade era permanente, falta de motivação, falta de interesse por tudo e por todos, falta de concentração para realizar tarefas do dia a dia, irritabilidade, completo sentimento de inutilidade. Fácil diagnóstico. DEPRESSÃO. Trata-se de um transtorno afetivo. Mais uma vez nos defrontamos com a palavra, com o sentimento "afeto". Já foi pronunciado a escassez de afeto na forma em que Marta recebeu sua educação. Mas, no momento, essa escassez se mostra em toda sua capacidade, em forma de transtorno!

Fenda aberta, rompeu-se!

Não havia mais a mínima possibilidade em tentar resolver a profunda impotência em que MMM se encontrava. Ela percebeu que chegou ao "fundo do poço" e sem forças para prosseguir!

Novamente, depois de quase 30 anos, pensamentos destrutivos e um profundo vazio voltaram a aterrorizá-la. Nenhuma "diversão" tiraria Marta daquele estado quase que de torpor, tamanha era a depressão!!!! Esforcem-se em imaginar... desde seus apenas 17 até 45 anos, driblando uma dor que apenas ela sentia, conhecia.

O silêncio dentro dela "gritava"! Marta queria e precisava se "curar"! Não se aguentava, não se tolerava mais. O fardo estava muito pesado.

Todos ao seu redor percebiam a doença de MMM.

E devido às intricadas circunstâncias, tão logo se iniciou o tratamento psicoterápico.

Tratamento psicológico não é para fracos, requer coragem, mesmo por mais necessário que seja! Se envolver, se olhar para si mesmo é difícil. É quando nos dispomos a avaliar o quanto tão bom e o quanto tão mau podemos ser ou estar.

Respostas ao tratamento não se fazem de um dia para outro ou de uma semana para outra. Leva um tempo razoável, ou até mesmo toda uma vida.

"Teias", emaranhados construídos, vividos e sofridos ao longo de uma vida, não se desfazem como num passe de mágica.

"O que é verdadeiramente imoral é ter desistido de si mesmo"
(Clarice Lispector)

A **escolha do profissional** é de total importância!

Marta foi conduzida para uma conceituada e experiente psicóloga.

Não é possível exercer terapias sem o alicerce da empatia. Empatia é a competência em se colocar no lugar do outro. **Sem empatia, sem psicoterapia**!

Essa habilidade é para poucos e essa terapeuta compunha suas sessões na combinação de embasamento teórico, experiências e sensibilidade em perceber e sentir seus pacientes, em todas as suas proposições.

Suas sessões, seus discursos continham tamanho valor, tamanha expressão que soava e ecoava nas profundezas de Marta por dias a fio. Significado com força havia em suas palavras. E verbos são curadores! "*Tudo está na palavra. Uma ideia inteira muda; porque uma palavra mudou de lugar*" (Pablo Neruda). E, Flora, a psicoterapeuta, sabia manipular os vocábulos com maestria. Domínio pleno em verbalizar e, mais que verbalizar, sensibilizava Marta!

Confiança instalada. Segundo principal pilar no tratamento psicoterápico. O crédito e resultados ficarão por encargo da entrega de ambos, paciente e terapeuta. Sendo assim, depois de alguns meses, inicia-se, categoricamente, enfaticamente, a terapia em toda a sua forma e intensidade.

Psicoterapia não é centralizada em julgamentos de pai, mãe, criação e etc...

A psicoterapia é um método que implica em compreender todas as formas e nuances de carências, permitindo o indivíduo seguir em frente, fascinando-o com todas as suas possibilidades.

M

Marta foi encaminhada também para um psiquiatra, pois precisaria ingerir por algum tempo remédios antidepressivos, remédios controlados. Depois de meses indo por duas vezes na semana às sessões da psicóloga e uma vez no mês ao consultótio do psiquiatra, Marta viu a fase aguda da depressão ceder, permitindo assim entrar em contato mais direto com suas emoções.

Nesse tempo, entre risos e dores, a terapia ia seguindo...

E foi numa dessas sessões que Marta se "despiu", se "rasgou", se "sangrou" ao vivenciar em forma de "catarse" os momentos do crime, nos mínimos detalhes. O choro convulsivo e represado daquele maldito dia e o grito por socorro vieram à tona, sem nenhuma amarra! Sem nenhum pudor! Momento da liberação do maior e terrível conflito vivido por Marta. Ficou evidente o padecimento em que Marta sobrevivia durante todos aqueles anos.

Flora, com sua brilhante capacidade e habilidade, ao receber essa pesada carga emocional, soube como amparar e redirecionar as emoções de MMM.

Marta, naquele momento, sentiu o calor de um colo e a compreensão que tanto necessitava há 28 anos. Inexplicável foi a atmosfera daquela sala devido à vigorosa energia que ali circulava. Num crescente anseio em se libertar de seu luto, MMM reuniu todas as forças para realizar esse confronto que travava dentro dela e que precisava ser extirpado.

A sororidade que encontramos fortemente presente nas mulheres, naquelas que se espelham na união e aliança como irmãs, se fez presente em toda sua magnanimadade, entre a psicóloga e a paciente.

Sua terapeuta lhe ofertou e a envolveu num calor de um abraço embalado numa total entrega de compaixão. Abraço único! Flora compartilhou e compreendeu que naquele momento quem se encontrava ali era Marta, nos seus dezessete anos, em estado completo de fragilidade e agonia. Marta seguia com a vida, certamente, mas suas emoções se paralisaram e se desorganizaram naquele dia.

Flora, com habilidade e eficiência, iniciou o processo de libertação em Marta, fazendo acontecer! Em sentido figurado, concedeu a Marta "um espelho". É como se dissesse:

- Agora, Marta, se você está procurando aquela pessoa que vai mudar a sua vida, olhe no espelho.

Marta, timidamente, começou a vislumbrar essa ideia...

Estava apta a olhar para ela mesma!

A partir dessa catarse, porém com parcimônia, Marta se manteve na conduta em olhar para ela mesma...

Encontrou um lugar dentro dela onde se enxergava mais de perto.

Começou a assistir, como num filme, passagens boas e outras ruins de sua existência... num desses momentos imaginou-se uma esquizofrênica ou uma tremenda de uma fingida, afinal, ela compôs uma personagem para persistir na vida.

O ator Vittorio Gassman, numa determinada entrevista, disse que para compor seus personagens, o ator vive uma espécie de esquizofrenia canalizada, uma forma de demência criativa da qual muitos não voltam.

Marta sentia e pensava de uma maneira e se comportava de outra. Seria atriz, uma fingida ou uma esquizofrênica????

Nem atriz, nem fingida, nem esquizofrênica, o que sobressaía em Marta era a disponibilidade em ser generosa, inibindo a possibilidade de trazer sacrifícios e dores a outros.

Ao invés de deixar a amargura, a mágoa e a raiva serem predominantes em suas ações, preferiu "perdoar a vida", usando mecanismos de defesa que a protegessem através de atitudes dignas e íntegras.

Ao escolher o perdão pela vida, fez sua sobrevivência ser protegida. Sim, perdoar a vida! Esse perdão lhe trouxe recursos de proteção emocional.

Por anos percebeu-se como uma "fingida". Acreditou ter criado "máscaras" para conseguir levar sua vida adiante. Com o decorrer da terapia, entendeu que nunca houve uma nova personagem, que não havia uma divisão de Marta antes do crime e uma Marta após o crime. Certamente, naquele triste dia, aconteceu a desestabilização e desequilíbrio emocional em que Marta permaneceu por anos, mas tampouco sua essência deixou de existir. Essência é vida!

Aquela ali era e sempre foi a Marta Maria Matoso. Sua essência era dotada de coragem e doação para com os outros. Perseguia seu equilíbrio, dentro do possível, através de atos humanitários.

Percebeu que durante 28 anos esteve sobrevivendo entre a esperança e o desespero. E, sem dúvidas, Marta era uma criatura esperançosa. Para ela, o improvável não era o impossível! E, sem a "ajuda" de Flora não teria tido a possibilidade para a compreensão de tais processos.

Sendo assim, quando na sessão psicoterápica, após terem chegado ao ápice do tratamento, a catarse, MMM elaborou que nunca foi outra pessoa. Aquela "personagem" que pensou ter criado e imaginado, que aprendeu a conviver com ela desde aquele episódio, sempre foi a Marta em sua origem. Não havia outra "Marta"! Na verdade, o que ela fez foi usar de recursos psicológicos para conviver com aquela tragédia e não ferir mais ninguém. Se bastava em ferida!

Marta agora estava pronta para explorar o vazio, o luto e a extensão de sua tristeza de anos a fio.

Percebeu que nada a aprisionava e a desestabilizava mais que a culpa, o medo e a mendicância pela aprovação dos outros.

Ferida, finalmente, parando de sangrar...

O momento do mistério que tanto intrigava a Marcos é desvendado. É muito para Marcos suportar! Não que tivesse se sentido enganado ou traído. O difícil foi comportar tamanha dor.

Após a revelação, os dias seguintes, tanto para Marta quanto para Marcos, não puderam ser mais encarados com a naturalidade que se repetia. Precisavam de um tempo para elaborar todo o acontecido e a vida matrimonial, que não tinha mais nenhum vestígio de vida em comum, se esvaiu por completo. Decidiram pela separação em comum acordo.

Marcos, sempre generoso e ponderado. Não quis legalizar o divórcio. Era tudo tão recente!

Tão sofrido! Ele a amava, e muito! Alegou precisar organizar seus sentimentos, emoções e tantas informações.

Quanto ao conteúdo financeiro, colocou para Marta que isso não era motivo de preocupação. Nada faltaria a ela, em tempo algum. Afinal, a expansão financeira do empreendimento dos Guimarães foi devido à criatividade e determinação de Marta. Marcos tinha esse reconhecimento e agradecimento.

Marta saiu do sobrado em que vivia com Marcos. Foi morar numa quitinete no Jardim Botânico, sozinha. Retornou aos trabalhos assistenciais. Psicoterapia em andamento. Não usava mais remédios antidepressivos. Foram substituídos por **exercícios físicos.**

Também optou por se afastar do estabelecimento de Marcos. Mesmo separada de Marcos, lhe foi ofertada a possibilidade de continuar à frente do bistrô. Marta recusou. MMM desejava estar somente com ela.

O abandono por ela mesma já não existia mais. Se permitia cada vez mais sua própria aproximação.

Passou a fazer parte de sua rotina, em todas as manhãs, andar de bicicleta; fazendo sol ou chuva, lá estava Marta pedalando uma volta inteira em torno da Lagoa Rodrigo de Freitas. Energético, em espírito e no físico. Quimicamente, a liberação no organismo dos hormônios, endorfina e serotonina, através de novos hábitos, contribuíram para uma vida mais prazerosa. Esse hábito tornou-se vital para MMM.

Marta, fortalecida emocionalmente, iniciou pesquisas sobre abusos e agressões à mulher, como também não se intimidou em verificar os terríveis feminicídios, como objeto de estudo, de pesquisa.

Essa exploração, densa e profunda, fazia parte em dar continuidade à redenção de Marta. Ela merecia se dar esse presente. A conquista de sua libertação, de seus íntimos grilhões!!!

Para tal, era necessário estar mais que plenamente consciente e entender o martírio em que se viu mergulhada durante anos, como também o calvário de tantas outras "Martas".

Fez-se, então, decidir empreender algo um tanto quanto ousado e radical, mas possibilidades havia para realizar tamanha proeza, tanto em benefício dela como para tantas outras mulheres. Inegavelmente, MMM era dotada de coragem. Marta, no momento, apta a controlar e a dirigir suas emoções, obviamente, supervisionada por Flora, resolveu ir para a Índia.

Por que Índia????

UM GRITO, UMA ESPERANÇA

Escreva seu grito e sua esperança

PARTE IV
O RECOMEÇO

"Neste mundo que parece virado pelo avesso, precisamos fazer do fim um recomeço, precisamos fazer o bem brotar também do mal. "

Augusto Branco, escritor brasileiro

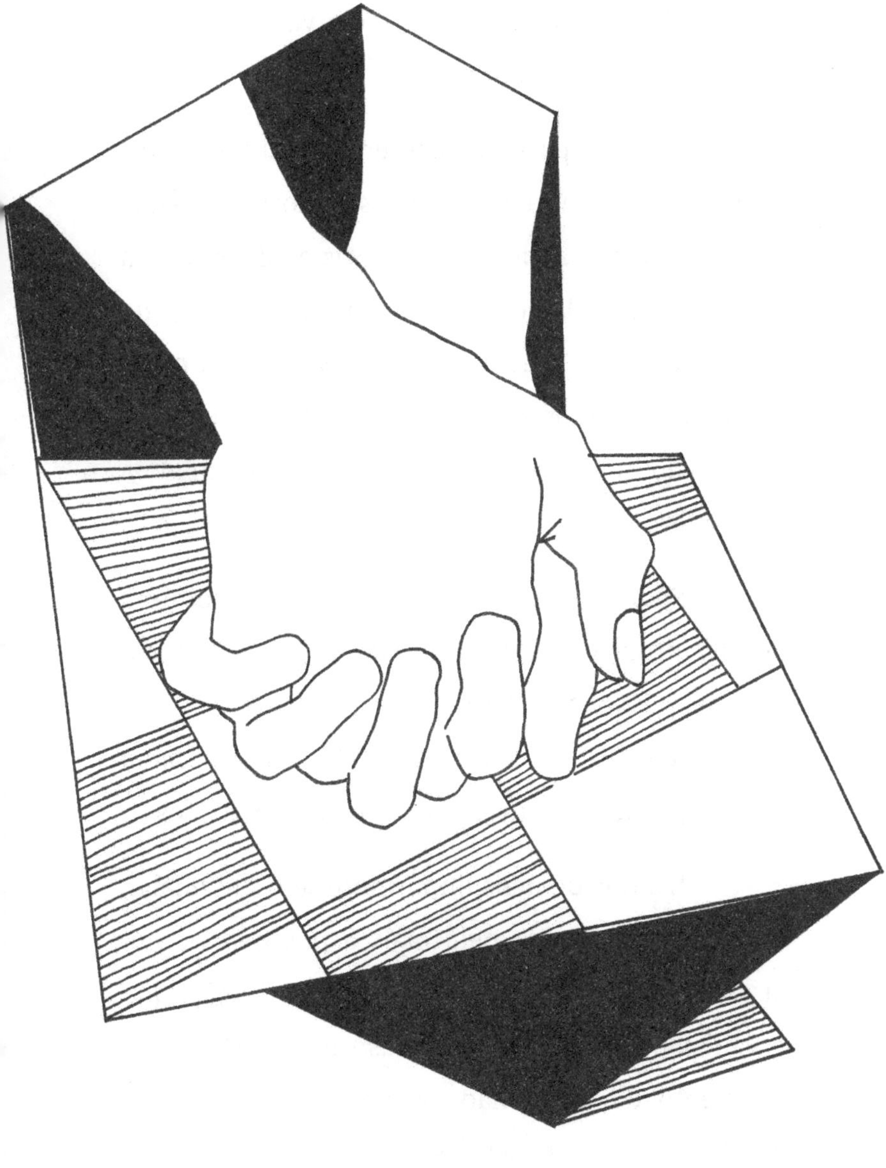

Após dois anos de tratamento psicoterapêutico, MMM já se olha no espelho e vislumbra uma mulher de 47 anos, habilitada em assumir desafios.

Dedicou parte de seu tempo, durante todos os dias da semana, em pesquisas em torno do tema. Quando defrontando-se com essas análises, ainda se sentiu atingida no seu íntimo, porque a chaga de Marta não tem "cura"; todavia, havendo um olhar vigilante e meios de cuidados apropriados, não ocorrerão intercorrências para uma vida autêntica e promissora!

Podemos dizer que não foi fácil refazer uma leitura de sua traumática e dolorosa experiência nessas pesquisas. Porém, nessa conjuntura, um grande e sensível diferencial, MMM agora possuía quase que um total domínio sobre suas emoções.

E o que de mais importante se faz assinalar, Marta não concebia nela mais a possibilidae em assumir a responsabilidade pela motivação que a colocou na situação de quase morte. O peso e tormento da culpa não faziam mais parte dela. MMM, bastante consciente, distinguia com clareza sua verdadeira e atual situação, a de ter sido envolvida, ludibriada, enganada, desrespeitada, subjugada e violentada por um perverso criminoso.

A possibilidade de extirpar de vez seus fantasmas, que no momento se faziam em minoria, seria na condição de se unir, estar perto e presente na vida de mulheres vítimas de abusos e mal tratos.

Ela decolou para a Índia. Decolou para dar continuidade à sua redenção, como também para abraçar a causa e as mulheres atingidas em seus corações.

Marta, sem recato, austera, se intitulava e dizia pertencer à família do Universo!

Escolheu a Índia. Um dos piores lugares para uma mulher nascer e viver. A cada 21 minutos ocorre um estupro. Estupros coletivos são comuns. Turistas também são vítimas. Em momento algum uma mulher indiana se tornará independente.

A intuição de MMM "falou" mais alto. Engajou-se numa OSC (Organização da Sociedade Civil) protecionista a essas mulheres.

Marcos, sensibilizado e o "anjo bom" na vida de Marta, cobriu as despesas que ela precisaria para realizar seu projeto.

Para tal projeto, Marta também precisaria continuar com suporte psicoterápico, continuaria sua terapia com Flora, através de videoconferência. E vivas à tecnologia!

Viagem única, ímpar em enriquecimento, tanto para ela como para suas "irmãs do universo", as indianas.

Marta, exemplo vivo de esperança e superação, sabia como chegar tão perto daquelas mulheres. Sabia de seus anseios, medos, vergonhas e desonras... Precisavam de consolo e compreensão para seus martírios. Alguém que as escutasse sem que elas precisassem provar que resistiram ao ataque. Precisavam do abraço e do olhar de clemência e a perspectiva de viver, dignamente, sem julgamentos.

MMM fez o melhor que estava a seu alcance. Plantou sementes de transformação. Para ela mesma e para suas companheiras de provações.

Constatou-se a importância de se ter a plenitude de consciência de tudo que podemos ser e de nossa capacidade de seguir em frente. Que a vida nos oferece inúmeras possibilidades, mesmo que difíceis, mas não impossíveis!

Quando passamos a ter certeza de quem somos, do que sentimos e o porquê de como agimos, se instala o processo de liberdade. Uma vez reconhecido, não voltamos mais atrás, uma força mágica se estabelece, se finca na alma e é o que chamamos de Processo de Liberdade do Ser. É a liberdade que todos anseiam. Não é licenciosidade, é a liberdade interna que nos torna aptos no controle de nossas emoções, sentimentos e pensamentos. Faz o convívio conosco mesmo ser prazeroso, nossa companhia se torna um porto seguro, gostoso de se estar. É olhar para você mesmo, dar um sorriso terno, complacente e gostar do que está vendo. É a realização das possibilidades de metas e conquistas idealizadas.

Deixou para as indianas a arte de se "explorar", seguir com vida!

E Marta, após um ano, retornou ao Brasil, também com essa rica aprendizagem. "Nunca deixar de se explorar"!

E muito, muito grata a Marcos.

M

Marcos também estava carente em se recompor emocionalmente.

Seu amor e admiração por Marta parecia um conto extraído dos mais belos livros de romance. Extrapolava os limites da imaginação.

Adotou também a ajuda psicoterápica. Sob os cuidados de um terapeuta por excelência, buscou respostas para seus conflitos internos e quando elaborou a compreensão de suas inábeis condutas e que estas eram oriundas da falta de afetividade, a mudança de comportamento se destacou!

A afetividade, finalmente, foi compreendida como vital no processo de amadurecimento de sua personalidade e dia a dia, Marcos vai experimentando esse sentimento e tornando-o presença dominante.

O afeto, que lá atrás em sua vida ficou num "cantinho escondido em seu inconsciente", é desabrochado. Sua vida passou a ter sentido, significado. Sua vida retém, agora, o legítimo desejo de vida, de viver!

Lembremos que afetividade se diferencia de amor.

Afeto tem relação com situações passadas relacionadas às pessoas. Afeto é oriundo de vivências positivas e/ou negativas. Possível é ter um olhar generoso, sensível para tudo e para todos, como também um olhar de revolta e de inadequações. Amor já envolve intimidade, envolve compromisso, envolve a necessidade e o prazer de estar com o outro, como também a preocupação pelo bem-estar do outro.

Fica demonstrado, então, uma diferença qualitativa entre afeto e amor.

Marta, ao voltar da Índia, apareceu para Marcos "inteira" para viver uma vida a dois. Não havia mais peças de um quebra-cabeças que não se encaixavam. Amadureceu. Suas experiências naquele país lhe acrescentaram, no mínimo, o autoconhecimento.

No momento, Marta está com 48 anos. Tanto Marcos como Marta não seriam "bengalas" para se apoiarem reciprocamente em suas carências. Estavam zerando pendências emocionais... Seriam parceiros, se respeitando em propósitos e planejamentos individuais. Se antes Marcos a admirava, mesmo com suas incógnitas, com toda sua problemática, nos tempos de hoje, a mulher que se apresentava diante dele faz seu entusiasmo por ela ser imensurável.

Gratidão é uma das formas mais lindas de amor. Marta sentia isso em superabundância por Marcos.

Reataram o casamento.

- Sim - disse Marcos.

- Sim - disse Marta (a ele e agora também a ela mesma).

Não voltaram a morar no sobrado do Jardim Botânico. Escolheram o Leblon para nova moradia.

Marta, se reconhecendo, prevê que está destinada a construir uma vida de ajuda e de realizações, tanto para ela como para tantas outras "Martas".

Sendo assim, com lucidez, com alegria verdadeira e apresentando seu mais novo projeto de vida, fez a opção por alcançar em maior proporção um número maior de mulheres que se identificariam, que se espelhariam, que se buscariam e se encontrariam em Marta Maria Matoso, a promessa de vida que tanto aspiram!

Numa visão delirante, romanceada, pertencente a D. Quixote, podemos também

dizer ser possível ver uma flor brotar de um impossível chão! Creiam! Essa flor desabrochou e ela mesma se abençoou!

Marta Maria Matoso, a MMM, segue adiante em manifesta exultação. ***Está escrevendo um livro...***

RECRIA TUA VIDA, SEMPRE E SEMPRE. REMOVE PEDRA E PLANTA ROSEIRA, E FAZ DOCES. RECOMEÇA.

(Cora Coralina)

UM GRITO, UMA ESPERANÇA

Escreva seu grito e sua esperança

EPÍLOGO

CADA PESSOA POSSUI UM ALTER EGO

Marta Maria Matoso é o alter ego da autora. Um ser fictício. É uma identidade oculta no inconsciente da mesma e se revela em PARTE ao leitor no enfoque dessa personagem.

Marta, MMM, durante meses se tornou uma "amiga íntima e leal" de Elza R. D. Motta. Ela nasceu após tempos em pesquisas, estudos, relatos emocionantes e doloridos de mulheres que sofreram abusos e agressões físicas e verbais. Sejam em que intensidades aconteceram, desde um grito, uma exclamação ofensiva ou até ao limite atemorizante do homicídio ou levando a vítima a cometer o suicídio.

MMM surgiu para representar emoções e conflitos internos presentes em qualquer uma de nós. Se despiu em seus sonhos, dores, tristezas, alegrias e, principalmente, nas possibilidades de superação, investidas em coragem e aptidão para recuperar um caminho de concretizações em ideais e de seu amor próprio.

A autora indignada, sensibilizada e emocionada, resolve trazer um alento a tantas sofridas companheiras de jornada num romance com nuances de verdades.

Os dados estatísticos são assustadores. Uma entre três mulheres já suportou algum tipo de violência. Encontram-se sempre em situação de estarem acuadas.

Geralmente, a crueldade vem de uma pessoa próxima. Pessoa que tem ascendência sobre a vítima. Usualmente, essas pessoas se utilizam do poder da confiança e dependência que transmitem envolvendo suas vítimas, como também as fazem calar, na certeza do medo em que suas "presas" são forçadas e são submetidas. Essa dependência da estuprada se instala no momento da violência e será vivida durante toda a sua vida. É um vínculo estabelecido e sem volta!

Abusadores, frequentemente, estão dentro de suas próprias casas, vizinho, professor, médico, padre, pastor, parentes e etc., grave realidade!

Bacharel e licenciada em Psicologia, pela extinta, infelizmente, Universidade Gama Filho, no Rio de Janeiro, explorei conceitos e definições para explicar as emoções e sentimentos vividos por Marta.

Com toda certeza, emprestei bastante de meus anseios e de minhas atitudes. Compartilhei e vivenciei a trajetória de Marta, afirmando ser possível seguir em frente! Palavras curam! As vozes devem ser gritantes e necessitam ser ouvidas!

Ainda estamos num esforço, numa lenta ascensão, em não deixar qualquer tipo de violação, exploração e opressão ferir a dignidade feminina. Devido aos excessos nesse quesito, a ONU vem interferindo em atitudes mais enérgicas.

Em novembro de 2019, no Brasil, o Senado aprova por unanimidade a PEC 75/19 que torna imprescritíveis e inafiançáveis os crimes de feminicídio e estupro. Poderão ser julgados a qualquer tempo, independentes das datas praticadas. Seguem para a Câmara dos Deputados. Uma conquista que desejo ser porta para outras muitas que virão.

Jamais, e em tempo algum, poderemos permitir ouvir um "estupra, mas não mata", dito anos atrás pela criatura Paulo Maluf! Imperdoável! E ficou impune... Ele, com essa frase, "licenciou" o estupro![1]

Mulher não é objeto de satisfação sexual de "animal" nenhum, não é depósito de esperma! Guerrear por essa causa é questão de decência cultural, seja em qualquer parte do planeta!

Extrema importância é a de ressaltar dois sentimentos relevantes para acontecer a sobrevivência de Marta ao longo dessa leitura. A culpa criada por MMM foi mais enfática e determinante no processo de sua vida do que a vergonha ao estupro.

Marta precisava expurgar aquela culpa através do sofrimento, silencioso, mesmo contrariando toda sua forma de pensar e com

1 O Estadão, 04 de setembro de 2008. 13h23.

isso subtraindo seus objetivos de uma vida que considerava ser apta a viver em plenitude.

Nos dias de hoje, mesmo com amparos à defesa da mulher, ela, a vítima, tem que comprovar sua resistência ao delito, e não esqueçamos de mencionar o constrangimento em que a mulher se depara quando submetida aos interrogatórios e ao processo instalado.

Se a culpa foi um dos componentes de sobrevivência para Marta Maria, em contrapartida, percebemos a atuação de um outro sentimento, esse, de nobreza, que Marta disponibilizava em seus atos de generosidade. Essa magnificência a manteve viva porque nossa existência é feita de afeições.

Marta considerou como lição essencial de que interferimos nas vidas das pessoas, até mesmo daquelas que não conhecemos, daquelas que por um acaso esbarramos numa rua, daquelas que nos parecem despercebidas, intervimos sempre, seja com um simples olhar, seja com um sorriso tímido ou largo, seja um leve aceno de cabeça ou de mão, ou até mesmo sem qualquer outro intuir, um pensamento positivo que seja! Interferimos positivamente ou negativamente e, nesse conto, Marta fez a escolha na intervenção positiva em afetar a vida de outros, como na sua própria!

A protagonista se apresentou nesse espaço para afirmar que seja qual for o futuro, e com suas emoções mais organizadas, mais cônsicias e mais equilibradas, continua firme no seu propósito em dar continuidade à sua redenção, até porque a vida não é uma promessa sem dores para ninguém, principalmente para aquelas que sofreram o que Marta padeceu...

E o mais importante e significativo que se faz necessário REALÇAR... que o leitor esteja atento na afirmativa que será descrita a seguir e que tenha a convicção de uma penosa e dramática realidade.

Por mais que se puna um estuprador, até mesmo com a pena de morte, ele JAMAIS deixará de ser um estuprador... Pena nenhuma amenizará a condição desse implacável criminoso. Mesmo que essa criatura não mate uma mulher fisicamente, a "morte" já aconteceu em sua nobreza e na sua decência, simplesmente pelo fato de ser uma MULHER. A vítima carregará uma "cruz pesada" e esta pena estará presente no "*feeling*" de todas as gerações dessa família, mesmo que não verbalizado. Mas será percebido e sentido! A vítima nunca deixará de ser "a estuprada". Não há CURA!!!! Há, sim, recursos, diversos meios psicológicos, variadas terapias de apoio e possibilidades infinitas validadas e legitimadas, como entendemos através dessa leitura, para recompor os duros momentos de infortúnios que essa mulher vive. MMM, exemplarmente, nos indica um dos possíveis caminhos... **após receber a alforria da culpa e se reconhecer como vítima de um repulsivo crime**, se possibilita, então, viver uma vida de projetos e ideais.

Marta Maria Matoso, depois de juntar seus cacos, seus fragmentos, se recompõe, torna-se apta a fazer a caminhada de sua existência com mais segurança. Sim, se examina "existindo", se examina "viva" e fazendo seus objetivos acontecerem. Sua autoestima elevada sob perspectivas de novos horizontes, com um novo olhar para ela mesma e para a vida, recuperação emocional em movimento, sempre com o tratamento e supervisão de Flora.

Certamente, nenhuma "aurora boreal" eclodirá dentro de Marta Maria Matoso, mas a pergunta que ficou na espera de uma resposta que foi enunciada no início desse livro:

Será que Marta ainda conseguiria voltar a sorrir sem um travo de amargura, como um ser mais livre e com a capacidade de enxergar um novo dia?

Respondo agora com toda veracidade e convicção... Que no rosto de Marta Maria Matoso há um sorriso largo e sincero, sem o travo da amargura, é um ser mais livre e com TODA a capacidade de enxergar um novo dia!

SIM, É POSSÍVEL!

APRESENTAÇÃO DO TRABALHO DA AUTORA E SEUS CONTATOS

MINI BIOGRAFIA DA AUTORA:

Nascida em 29.06.1959, no bairro da Tijuca, Rio de Janeiro. Casada, mãe e avó. Bacharel e licenciada em Psicologia pela Universidade Gama Filho. Desenvolveu atividades como Coordenadora em Curso de Informática (TECNACAD) e Professora de Inglês no Curso Pink and Blue.

Participação ativa em obras filantrópicas.

ATIVIDADES:

- Palestras com sessão de autógrafos;
- Participação em rodas de conversas.

CONTATO:

Email: elza.motta@yahoo.com.br